OBSERVATIONS.

i

PARIS. — IMPRIMERIE ET FONDERIE DE FAIN,
IMPRIMEUR DE L'UNIVERSITÉ ROYALE DE FRANCE,
rue Racine, 4, place de l'Odéon.

OBSERVATIONS

SUR LES

CITATIONS DES AUTEURS PROFANES

ET SURTOUT D'HOMÈRE,

DANS LES LOIS ROMAINES;

INSÉRÉES DANS LA REVUE ÉTRANGÈRE ET FRANÇAISE
DE LÉGISLATION ET D'ÉCONOMIE POLITIQUE
(2e série, tome II, pages 292 et suivantes).

M. BERRIAT SAINT-PRIX

PARIS,

C.-H. LANGLOIS, RUE DES GRÈS-SORBONNE, 10.

—

1839.

OBSERVATIONS

sur les citations des auteurs profanes[1] *et surtout d'Homère*[2], *dans les lois romaines*[3].

Par M. Berriat-Saint-Prix.

Le but d'un législateur qui porte une loi, est de prescrire ou de défendre, de permettre ou de punir certaines actions. Celui du jurisconsulte qui donne une décision, est d'indiquer si une action est au nombre de celles que la loi prescrit, défend, permet ou punit. Le premier, lorsqu'il rend compte des motifs de la loi, s'appuie, ou

---

[1] Nous appelons ici auteurs *profanes*, par opposition aux jurisconsultes, ceux qui n'ont pas écrit des ouvrages sur le Droit.

[2] Lues à la société des sciences de Grenoble le 25 messidor an XII (14 juillet 1804), elles furent imprimées dans le Magasin encyclopédique de Millin, cahier de septembre 1805, tome 5, page 78 et suivantes, avec plusieurs fautes (l'auteur n'avait pu en revoir les épreuves).

[3] L'éditeur de la Revue étrangère et française de législation, nous demanda pendant l'automne de 1837 un mémoire pour son savant et utile recueil. Il nous fut impossible, non faute de matériaux, mais faute de loisir, de le satisfaire. Nous fûmes réduit à lui offrir un de nos anciens opuscules, revu et augmenté (*Recherches sur les divers modes de publication des lois*, etc.); et il voulut bien l'agréer. (*Voir* même Revue, cahier de février 1838, 2e série, tome 1er, pag. 279 et suiv.) Au bout d'une année il a renouvelé sa demande, et les mêmes motifs nous ont à regret encore réduit à lui faire une offre semblable. Nous lui devons d'ailleurs des remercîments de l'acceptation qu'il a faite de nos *Observations sur les citations d'Homère*, etc., parce qu'elles nous fournissent l'occasion d'en corriger les fautes, d'y faire plusieurs additions (*Voir* ci-après, p. 30, note 59) et de nous expliquer sur un reproche (*Voir* note 58, p. 29), dont elles ont aussi été l'occasion.

sur des lois antérieures, ou sur les principes immuables de l'équité, ou sur les règles trop souvent versatiles de la politique. Le second fonde ses avis sur le texte des lois, ou sur l'interprétation qu'en ont faite des tribunaux d'un rang élevé, ou des jurisconsultes estimés. Les législateurs comme les jurisconsultes ne doivent donc citer que des autorités graves, imposantes, quelquefois austères; et ce n'est pas dans leurs œuvres qu'on peut chercher de quoi flatter le goût, récréer l'imagination, satisfaire le cœur, amuser les loisirs. Leurs livres sont utiles à compulser, jamais agréables à lire. Telles sont les règles qu'ont suivies presque tous les législateurs et les jurisconsultes modernes [1], tandis que les anciens s'en sont écartés plus d'une fois.

N'a-t-on pas lieu d'être surpris de trouver dans la collection la plus précieuse de lois qui ait jamais été faite, dans le corps du droit romain, un assez grand nombre de décisions où l'on a recours à l'autorité d'ouvrages étrangers à la science du droit? Et la surprise ne doit-elle pas redoubler encore lorsqu'on voit de graves jurisconsultes, le souverain même d'un empire puissant, préférer parmi ces mêmes autorités celles qu'ils devaient le moins accueillir, je veux parler des productions aimables des poëtes, qui, destinées à procurer des jouissances agréables, brillent moins par l'exactitude que par l'art avec lequel elles décorent ou dénaturent les objets ?

Ce n'est pas que les jurisconsultes, auteurs des ouvrages dont on a tiré une partie des lois romaines, ou les conseils des monarques qui ont publié les autres, fussent étrangers ou indifférents aux écrits où l'on établissait

---

[1] Nous ne comptons pas, parmi les jurisconsultes proprement dits, les avocats plaidants ou orateurs.

les principes de morale et de politique sur lesquels on doit fonder les lois : on sait, au contraire, et nous le dirons tout à l'heure, qu'ils les étudiaient avec soin, que leurs propres écrits sont pleins des maximes surtout de la philosophie grecque, et c'est ce qui rend plus extraordinaire leur attention à citer nominativement les poëtes, tandis qu'ils ne nomment presque jamais les philosophes.

Quelle peut être la cause de cette singularité? Ce n'est pas, sans doute, le désir de faire parade de leur érudition. Connues de tous les Romains, les poésies d'Homère, dont ils rapportent le plus de passages, n'auraient pas prouvé en eux un savoir bien étendu. Essayons de chercher cette cause dans l'histoire des jurisconsultes et dans la réputation de leur auteur favori.

On distinguait dans le barreau de Rome, comme dans le nôtre, deux classes de personnes. Les unes se consacraient à la défense des particuliers ; les autres à l'interprétation des lois. Celles-ci portaient plus spécialement le nom de jurisconsultes ; celles-là recevaient celui d'orateurs ; mais souvent l'orateur était en même temps jurisconsulte.

Tant que la république exista, les grands intérêts qu'ils avaient à soutenir et l'extrême indépendance dont ils jouissaient, ayant ouvert le plus vaste champ à l'éloquence, les orateurs éclipsèrent les jurisconsultes. La mémoire de Lélius, de Marc-Antoine, de Crassus, de Sulpicius, de Cotta, de Servius, d'Hortensius, a survécu même à leurs écrits ; et il n'est pas besoin de nommer le citoyen illustre que ses vertus, sa philosophie et son éloquence présentent pour modèle aux amis de leur pays, d'une sage liberté, des leçons de la sagesse et des charmes de l'élocution.

Mais lorsque les talents et la fortune de César, les artifices et la politique d'Auguste eurent changé les destinées du monde, les orateurs cédèrent le pas aux jurisconsultes. Leurs cruels successeurs, Tibère, Caligula, Claude, Néron, Vitellius, Domitien pouvaient attacher quelque prix à l'art de toucher par les mouvements oratoires, de charmer par les grâces du style, mais non pas s'en laisser subjuguer ; enfin les différends portés devant les tribunaux n'offraient plus le même intérêt. L'école de Cicéron et d'Hortensius dut donc disparaître, et presque aussitôt on vit fonder sur ses ruines celles de Labéon et de Capiton, les chefs des interprètes du droit ; écoles d'où sortirent les plus grands jurisconsultes qui aient existé avant le siècle de Cujas ; Proculus, Sabinus, Julien, Caius, Pomponius, Papinien, Ulpien, Paul, et tant d'autres qui jouissaient de leur temps, du même crédit que les orateurs de la république, et méritent encore dans le nôtre une réputation aussi solide, quoique moins brillante.

Il est inutile de rappeler les causes de la division des deux premières écoles des jurisconsultes de l'empire ; plusieurs auteurs les ont développées, et nous les avons nous-même indiquées dans d'autres ouvrages [5] ; il suffit de faire remarquer que ces jurisconsultes, comme ceux qui se livraient, sous la république, aux fonctions d'orateur, faisaient une partie de leurs études à Athènes, et qu'ils y puisaient, avec les préceptes de la philosophie, et ces maximes d'équité naturelle, caractère principal de leur jurisprudence, et cette méthode subtile d'argumentation dont elle est souvent obscurcie; enfin, qu'ils s'y

---

[5] Précis du Cours de législation fait à l'école centrale de l'Isère, tome I (an XI-1803), p. 70 ; Histoire du Droit romain et de Cujas, 1821, p. 125 et suiv.

étaient pénétrés de la plus haute vénération pour les génies de tout genre, dont les écrits aideront à transmettre à la postérité la plus reculée, la mémoire des Grecs, peut-être encore plus que les exploits de leurs héros.

Un des caractères principaux de la méthode d'argumentation dont nous venons de parler, est le soin que mettaient les jurisconsultes, et surtout les Proculéïens, ou les élèves de l'école de Labéon, à remonter à l'origine de toutes choses, à rechercher les étymologies qui font souvent découvrir cette origine. On conçoit déjà, sous ce premier point de vue, quelle confiance ils durent avoir dans les écrits d'Homère [6]. Ils y trouvaient en effet, non-

---

[6] Les jurisconsultes romains, on le doit pressentir par les observations précédentes (*voir* aussi les citations qui suivront), étaient bien éloignés, comme l'ont fait plusieurs modernes (Vico, Wolf, Lévesque, Clavier, Dugas-Montbel), de nier qu'Homère fût l'auteur de l'Iliade et de l'Odyssée, et, à plus forte raison, qu'il eût existé un poëte de ce nom. *Voir*, au sujet de cette opinion, la 3ᵉ réflexion critique de Boileau, dans notre édition de ce poëte, 1830, t. III, p. 161, texte et notes; les observations de MM. Letronne et Daunou, Journal des savants, 1829, p. 726 et suiv.; 1830, p. 31 et suiv.; 1831, p. 567 et suiv. « Avant l'établissement de l'école d'Alexandrie, dit M. Daunou (p. 567), Aristote admirait la parfaite unité qu'Homère avait su imprimer à ses grands poëmes; il le trouvait supérieur, en ce point, à tous ceux qui avaient composé des Héracléides, des Théséides, d'autres épopées, et si habile à rapprocher tous les détails qui tenaient à une seule action, à lier entr'elles toutes les parties d'un même tout, que ses ouvrages ne pouvaient admettre nulle part, ni transposition, ni retranchement. L'antiquité entière, et presque tous les littérateurs modernes en ont conçu la même idée; et c'est moins là une opinion qu'un sentiment auquel il est à peu près impossible de résister en lisant l'Iliade et l'Odyssée : il faudrait, pour en triompher, des faits positifs, des témoignages précis, des documents authentiques, qui, jusqu'à présent, ont manqué aux plus habiles partisans des conjectures de Ch. Perrault, de Vico et de Fréd.-Aug. Wolf. Aussi viennent-elles d'être réfutées d'une manière, à notre avis, péremptoire, par M. de Fortia d'Urban. »

seulement le véritable poëte, qui, par l'invention de faits imaginaires disposés avec art et soutenus des richesses du style, touche ou ravit ses lecteurs ; mais encore l'historien qui peint avec fidélité les mœurs des siècles qu'il produit sur la scène; et comme les siècles de l'Iliade et de l'Odyssée se perdaient dans la nuit des temps la plus profonde, nous ne devons plus trouver étrange que les jurisconsultes Romains y puisassent des autorités lorsqu'ils voulaient déterminer la véritable nature des choses.

La recherche des étymologies devait encore les engager à employer l'autorité d'Homère. La langue romaine dérivant en partie de la langue grecque, il était naturel qu'ils cherchassent dans celui des écrivains grecs qui avait le plus de réputation, dont la lecture était le plus répandue parmi toutes les classes de la société, les preuves de leurs discussions grammaticales. Le grec étant d'ailleurs la langue usuelle d'une moitié de l'empire, ils mettaient tous les citoyens à portée de vérifier la justesse de leurs décisions.

Enfin, ce dernier motif devait aussi les engager à prendre dans Homère les expressions qui pouvaient faire entendre, par comparaison, l'explication d'un mot latin dont le sens était douteux.

Pour nous assurer si nos conjectures sont fondées, examinons les diverses décisions du droit romain où l'on cite Homère [7].

---

[7] La recherche de ces décisions nous a coûté un temps prodigieux. Nous en aurions épargné une grande partie si alors nous avions connu la dissertation publiée au xviiᵉ siècle, sur le même sujet, par Samuel Fermat, conseiller au parlement de Toulouse, fils du célèbre géomètre. Dans cette dissertation il y a, il est vrai, des fautes de citations, et même des omissions de citations (*Voy.* ci-

I. Nous commencerons par celles où l'on cite des passages par pure comparaison ; il y en a cinq de ce genre.

1°. Dans la loi 4ᵉ, § 4 , 5 et 6 , au digeste *de gradibus et adfinibus* (liv. 38 , tit. 10), on expose les noms divers des alliés [8] , soit en latin, soit en grec. On nous dit, par exemple, que le frère du mari (celui que nous nommons en français le *beau-frère*) se nomme *levir*, et en grec *daër*. Cette assertion semble n'avoir besoin d'aucune autorité, surtout pour un auteur qui écrivait dans un empire où la langue grecque était si répandue ; cependant cet auteur la fonde aussitôt sur un passage d'Homère, *ut*, dit-il, *ut est apud Homerum relatum ;* et il cite un vers du discours qu'Hélène adresse à Hector dans le chant 6ᵉ (vers 344) de l'Iliade , vers où se trouve en effet le mot *daër* [9] et où Hélène dit à Hector :

---

après, notes 14, 20, 21, 27, 29, 45, 48, 51 et 55), mais enfin on y indique exactement un grand nombre de nos passages, ce qui nous aurait pu mettre sur la voie des autres.

Nous ne parlons point de la manière dont Fermat envisage son sujet dans sa dissertation , parce qu'il s'y proposait un objet différent du nôtre.

L'opuscule de Fermat était depuis longtemps tombé dans l'oubli comme toutes les petites brochures, lorsque Gérard Meerman le publia en 1780 , dans le tome III de son Supplément , c'est-à-dire le tome VIII de son *Novus Thesaurus juris* , p. 537 à 541 (5 pages en tout). Il n'était point et il n'est pas même encore, non plus que les tomes VI et VII , à la bibliothèque de la ville de Grenoble (Catalogue, 1831-1839, t. I, p. 202, n. 6959), où nous faisions nos recherches : nous l'avons vu pour la première fois , à Paris , au mois de juin 1820, chez M. Nève, libraire de la cour de cassation.

[8] La langue latine était infiniment plus riche que la nôtre pour les désignations des diverses espèces de parents ou d'alliés. *Voy.* le même titre du Digeste.

[9] Il est aussi dans les Scholies des Basiliques (même titre , loi 2 , édit. de Fabrot, t. VI, p. 100).

« Frère de mon époux ; vous , allié d'une misérable
» juste objet d'horreur.... ; plût au ciel qu'à l'instant
» où ma mère me donna le jour, un tourbillon m'eût
» emportée , etc. »

L'auteur de la même loi suit une marche semblable
lorsqu'il indique les noms de la sœur du mari , *glos* en
latin , et *galos* en grec , et des femmes de deux frères ,
inateres en latin [10] , et *cinateres* en grec. Un autre vers
(le 378) du même chant les contient l'un et l'autre ; *quod*,
dit-il, *uno versu idem Homerus significat.* C'est un vers
où Hector demande en quel lieu se trouve Andromaque.

« Répondez-moi sans crainte..... Serait-elle allée chez
» mes sœurs , ou chez les épouses de mes frères ? »

2°. L'auteur de la loi 236 au digeste *de verborum significatione* (liv. 50, tit. 16) , expliquant le mot latin *ve-
nenum* , qu'on traduit en général par celui de *poison* ,
dit qu'il faut toujours y ajouter les qualificatifs *bonum* ,
aut malum (bon ou mauvais), parce que ce mot indique
aussi un remède (*medicamentum*) ; qu'il en est de même
dans la langue grecque, où il se traduit par le mot *phar-
macon* , et il cite à ce sujet le 230e vers du quatrième
chant de l'Odyssée , où Homère annonce que la terre (en
Égypte) produit beaucoup de substances *vénéneuses* [11] et
de substances salutaires.

---

[10] Nous nous servons ici du texte de Pothier, dans ses Pandectes ,
même titre, n. 46 (édit. de 1782, t. 11 , p. 645), où il soutient que,
dans la Vulgate , on a mis mal à propos *janitrices*. Néanmoins, *janitrices* est aussi dans les Florentines (on y écrit en caractères grecs
tous les mots grecs , à l'exception du mot *galos*) et dans les Scholies
des Basiliques (même p. 100).

[11] Le mot *plante* , qu'emploie un traducteur moderne, restreint ,
ce semble , le sens du texte original.

Le 3ᵉ exemple, que nous tirerons de la loi 13 , § 1ᵉʳ, au digeste *ad legem Juliam de adulteriis* (lib. 48, tit. 5) paraît moins bien appliqué. Le jurisconsulte Ulpien , après avoir décidé que l'action d'adultère peut être intentée contre une femme à laquelle on est uni par les liens d'un mariage, de quelque espèce qu'il soit [12], cite cette réponse d'Achille aux envoyés des Grecs (Iliade, chant 9ᵉ , vers 340) :

> « Les Atrides sont-ils donc les seuls hommes qui ché-
> » rissent leurs épouses ? »

Mais peut-être le jurisconsulte a-t-il voulu faire allusion à l'état de Briséis, et indiquer qu'étant esclave, elle ne pouvait être unie à Achille par un mariage solennel.

4°. La constitution par laquelle Justinien prescrivit l'enseignement du Digeste [13], nous fournit le quatrième exemple. Plein d'orgueil de l'ouvrage qui a été fait sous ses ordres , il ne croit pouvoir mieux établir la supériorité de son corps de lois, sur les lois anciennes (*ibid.* § 11), qu'en comparant l'espèce d'échange qu'il a fait des lois anciennes avec les siennes, à celui des armes de Diomède, qui étaient de cuivre, contre celles de Glaucus, qui étaient d'or, ainsi qu'on l'apprend dans Homère (Iliade, chant 6ᵉ), dont il rapporte le vers [14] — Nous le rapporterons nous-même tout à l'heure , en indiquant une autre loi où il est également cité.

---

[12] C'est-à-dire, soit juste, soit injuste , car, dans la phrase précédente , Ulpien dit : *sive uxor justa sit*, *sive injusta.* — A l'égard de cette distinction, *voir* Cujas, Observ., lib. III , cap. 5.

[13] C'est la constitution qui commence par les mots *omnem reipublicæ.....* Elle est placée, dans toutes les éditions, avant le premier livre du Digeste, et parmi les constitutions que les éditeurs qualifient de *préfaces* du Digeste.

[14] Fermat n'a point cité ce passage.

5°. Dans le passage suivant, Homère ne paraît cité que pour fixer l'époque d'un changement dans les usages des peuples. Les jurisconsultes romains disent que dans l'origine le mot *suppellex*, ou ce que nous appelons *des meubles*, embrassait toutes espèces de meubles qui n'étaient pas faits avec de l'or ou de l'argent, et qui n'étaient pas destinés à servir de vêtements [15]. Dans la suite, on comprit sous cette désignation, les tables, les lits et les chandeliers d'or et d'argent, ou ornés d'or et d'argent; c'est ce qu'établit la loi 9e, § 1er, au digeste *de suppellectile legata* (liv. 33, tit. 10), en citant le lit que le roi d'Ithaque avait construit avec le tronc d'un arbre fleurissant qu'il avait ensuite orné d'argent et d'or, ouvrage dont la description acheva de le faire connaître à Pénélope. *Voyez* l'Odyssée, chant 23, vers 200 et suivants.

II. Les citations d'Homère dont on s'autorise pour établir la véritable nature d'un contrat, d'une libéralité, etc., sont plus intéressantes que celles qu'on vient de rapporter. Il y en a sept de ce genre (quelques-unes forment un double emploi).

1° D'après Saturnin, auteur de la loi 16, § 8, au digeste *de Pœnis* (liv. 48, tit. 19), quoiqu'on ne doive en général punir un délit que lorsqu'il a été commis avec intention, il faut néanmoins, pour infliger une peine, prendre en considération l'*événement*, c'est-à-dire, examiner si le délit a eu lieu, abstraction faite de l'intention [16]. C'est à raison de l'*événement* que les homicides causés par accident étaient, chez les Grecs, expiés par un exil volontaire [17]; et Saturnin se fonde sur une

---

15 Lois 1re et 2e, au Digeste, *De suppellectile legata*.

16 Nous donnons à cette loi l'interprétation de Pothier, Pandectes, même titre, n. 56 (t. III, p. 532).

17 On appelait *volontaire*, non seulement l'exil auquel on se con-

phrase du discours que l'ombre de Patrocle adresse à
Achille pour[18] l'exciter à la vengeance contre Hector
(Iliade , chant 23 , vers 85 et suivants).

> « Que nos ossements ne soient point séparés, ô Achille!
> » mais qu'ils restent unis comme nous n'avons point
> » cessé de l'être, nous qui fûmes élevés ensemble. Ce
> » fut dans la demeure de tes pères, lorsque, jeune en
> » core, Ménécée m'y amena d'Oponte, à cause d'un
> » déplorable homicide. Pour une partie de dés, égaré
> » par la colère, j'avais tué involontairement le fils
> » d'Amphidamas ! »

2° L'autorité d'Homère sert ensuite aux auteurs [19] des
instituts (*de lege aquilia*, § 1er, liv. 4, tit. 3), et à celui
de la loi 65 , § 4, au digeste (liv. 32), *de legatis* 3° [20],
pour décider que les porcs doivent être rangés dans
la classe des animaux désignés sous le nom générique de
troupeaux. Cette décision , dont l'objet n'est pas très-
noble, était cependant importante, parce que l'on pu-
nissait d'une peine particulière ceux qui avaient tué des
animaux de la classe des troupeaux , et parce qu'on peut,
dans une disposition, léguer en général tous les troupeaux d'un domaine; c'est sur le passage suivant de
l'Odyssée (liv. 13 , vers 406) qu'elle est fondée.

> « Vous le trouverez, dit Minerve à Ulysse en parlant
> » d'Eumée , vous le trouverez assis près de ses porcs qui
> » paissent au pied du rocher de Corax, près de la fon-
> » taine Aréthuse. »

---

damnait soi-même, mais encore celui auquel on était condamné
sans désignation de lieu. POTHIER, *ibid.*

[18] Elle est également dans une scholie des Basiliques, sur la même
loi (édit. de Fabrot, t. VII, p. 855, liv. 60, tit. 51, l. 16).

[19] Tribonien, Théophile et Dorothée (*Proem.* Instit., § 3).

[20] Fermat n'a pas cité cette loi.

3° Un autre passage de l'Odyssée (chant 17 , vers 80), sert encore aux auteurs des instituts (*de donationibus*, § 1) et à celui de la loi 1re [21], au digeste *de mortis causa donationibus* [22], à rendre intelligible la définition générale de la donation à cause de mort. Dans cette libéralité, disent-ils, le donateur se préfère au donataire, et préfère aussi le donataire à l'héritier ; telle fut l'espèce de libéralité que fit Télémaque à Pirée.

Télémaque avait déposé chez ce compagnon fidèle, les dons qu'il avait reçus de Ménélas. Au moment qu'il projetait de combattre les amants de sa mère , Pirée lui proposa de faire emporter ces présents. Voici la réponse de Télémaque , que les mêmes auteurs citent comme exemple :

« Si les superbes prétendants (de Pénélope), m'ayant
» tué dans mon palais, se divisent les biens de mon
» père, j'aime mieux que tu possèdes seul ces présents
» que d'en laisser jouir aucun d'entre eux ; si je par-
» viens, au contraire, à les faire tomber sous mes
» coups, partageant alors ma joie, tu m'apporteras ces
» mêmes présents. »

4° J'arrive à la citation homérique la plus importante qu'on trouve dans le droit romain ; je traduirai en entier le texte où elle est placée, parce qu'il est nécessaire pour son explication, et qu'il offre d'ailleurs des principes d'économie politique dont la justesse peut paraître surprenante , si l'on considère que cette science n'a guère fait de progrès que depuis un siècle.

---

[21] Fermat n'a pas non plus cité cette loi.

[22] Liv. XXXIX, tit. 6..... Les Instituts (*ibid.*, liv. II, tit. 7) rapportent tout au long les six vers de l'Odyssée (ainsi que Théophile... *édit. de Fabrot*, 1638, p. 249) ; ils ne sont qu'indiqués dans le Digeste.

Ce texte est la loi 1re, au digeste *de contrahenda emptione* (liv. 18, tit. 1); il est tiré du livre 33 du commentaire de Paul sur l'édit perpétuel. Justinien en inséra dans la suite une partie dans les Instituts [23], au même titre, § 2. — Voici la traduction :

« La Vente a tiré son origine de l'échange. Dans les
» commencements de la société, il n'y avait point de
» monnaie ; on ne faisait point de distinction entre le
» prix et la marchandise ; mais chacun, suivant la cir-
» constance, ou à raison de ses besoins, échangeait des
» choses inutiles contre des choses utiles ; parce qu'il ar-
» rive souvent qu'une personne manque de ce qu'une au-
» tre a de trop. Mais comme il arrivait aussi très-rare-
» ment que lorsque vous possédiez ce dont j'avais besoin,
» j'eusse de mon côté ce que vous désiriez acquérir, on
» choisit une matière dont l'appréciation publique et
» constante (*la monnaie*) permettant d'offrir pour re-
» tour, des valeurs égales, fît par là même cesser la
» difficulté des échanges. Cette matière étant revêtue
» d'une forme publique (*le type de la monnaie*), celui

---

[23] Instituts (liv. III, tit. 24) *De emptione et venditione*, § 2.(*Voy.* Théophile, édit. de Fabrot, p. 612.)

On cite dans ce § 2, — 1. l'opinion de Sabinus et de Cassius, que nous allons rapporter d'après le Digeste ; 2. Les trois vers et demi d'Homère rapportés également ci-après ; 3. (sans citation d'Homère) l'opinion de l'école opposée à celle de Sabinus.

Cujas (Observat., chap. 38 du liv. XI, publié en 1570. *Voy.* notre Histoire de Cujas, p. 468, n. 19) présumait que ce fragment des Instituts de Justinien avait été tiré de ceux de Gaius, auteur qui, dit-il, connaissait très-bien Homère ; et, au bout de 250 ans, sa conjecture a été vérifiée lors de la découverte des mêmes Instituts de Gaius, où (*lib.* III, § 141, édit. de 1820, p. 220), à quelques mots insignifiants près, on trouve tout ce fragment, avec les trois vers et demi d'Homère.

» qui la possède use plutôt de la valeur [24] qui résulte
» de l'appréciation que de la matière elle-même ; dès lors
» on n'appelle plus également marchandise les deux ter-
» mes de l'échange : l'un des deux prend le nom de prix
» ... (§ 1er) Cependant on doute encore aujourd'hui si
» l'on ne peut pas faire une vente sans monnaie. On de-
» mande, par exemple, s'il n'y a pas une vente lorsque
» je vous donne une toge pour recevoir de vous une tuni-
» que ? Sabinus et Cassius (*chefs de la secte sabinienne*)
» pensent que c'est là une vente. Nerva et Proculus (*chefs*
» *de la secte proculéienne*) soutiennent que c'est un
» échange et non pas une vente. Sabinus cite à l'appui de
» son avis, Homère, qui, dans les vers suivants, rapporte
» que l'armée des Grecs achetait du vin et le payait avec
» du cuivre, du fer et des esclaves. »

> « Des vaisseaux partis de Lemnos abordèrent apportant
> » du vin [25]. Les Grecs, à la longue chevelure, achètent
> » ce vin, les uns avec du cuivre, d'autres avec du fer
> » brillant (*poli*), avec des peaux, ou des bœufs, ou
> » des esclaves. » (*Iliade*, chant VII, vers 482.)

« Mais ces vers me paraissent plutôt désigner un
» échange qu'une vente ; il en est de même de ceux-ci :

> « Le fils de Saturne, Jupiter, fit perdre le sens à Glau-
> » cus, et celui-ci échangea ses armes d'or, qui valaient
> » cent bœufs, contre les armes de cuivre de Diomède,
> » fils de Tydée, qu'on aurait acquises avec neuf de ces
> » animaux. » (*Iliade*, chant VI, vers 234.)

« Sabinus aurait dû plutôt alléguer à l'appui de son

---

[24] Il y a, dans le texte, *quantitas*. Nous suivons ici l'explication
de Duarein (cité par Denis Godefroi, notes sur D. L.), qui soutient
que *quantitas* est pris ici pour *valeur*.

[25] Ce premier vers n'est pas rapporté dans le Digeste, mais il l'es[t]
dans le § 2 des Instituts, cité à la page précédente, note 23.

» opinion, ces autres vers (430 et 431, *Odyssée*, liv. I),
» du même poëte [26] :

> « Euryclée, que Laërte avait autrefois achetée au prix
> » de vingt bœufs. »

« Mais l'opinion de Nerva et de Proculus est plus juste.
» Comme, en effet, acheter est autre chose que vendre,
» et le vendeur une personne distincte de l'acheteur, de
» même autre chose est le prix, autre chose est la mar-
»chandise ; tandis que dans un échange on ne peut dis-
» tinguer lequel des deux contractants est le vendeur ou
» l'acheteur. »

III. On voit par cette loi quelle haute idée les jurisconsultes romains avaient d'Homère, puisqu'ils atta-
chent tant d'importance à ses écrits. Mais le *corpus juris*
contient d'autres passages qui attestent encore la grande
réputation dont il jouissait.

1° L'empereur Justinien veut-il, par exemple, expliquer pourquoi les termes *droit civil*, sans addition du
nom d'un peuple, désignent le droit civil des Romains ?
Il annonce dans les instituts, *de jure naturali*, § 2 (liv. 1,
tit. 2) qu'il en est de même lorsqu'on dit simplement le
poëte, sans ajouter de nom propre, parce qu'alors ces
termes désignent chez les Grecs, l'illustre Homère, *Egregius Homerus*, et chez les Romains, Virgile, *apud nos
Virgilius*.

2° Ulpien entreprend - il de déterminer l'étendue
qu'aura le legs d'un corps d'ouvrage qui ensuite ne se
trouve pas complet ? c'est aussi celui d'Homère qu'il
prend pour exemple [27]. *Si Homeri corpus sit legatum, et*

---

[26] Ces deux vers sont dans la Vulgate et dans l'édition d'Haloan-
der ; les Florentines, suivies par Denis Godefroi, ne rapportent
qu'un fragment du premier.

[27] Fermat n'a pas cité ce passage.

non sit plenum, quantæcumquæ partes hodie [28] *invenian-*
tur, debentur. L. 52, § 2, au digeste *de legatis* 3° (liv. 32).

3° Le même jurisconsulte se propose-t-il d'expliquer
ce que signifie un legs d'un certain nombre de livres ? de
décider si ce mot *livre* indique une partie d'un ouvrage
ou bien un volume ? c'est encore ceux d'Homère qu'il
cite [29] : *Si qui centum libri sunt legati, centum volu-*
mina ei dabimus; non centum, quæ quis ingenio suo
metitus est, qui ad libri scripturam sufficerent; ut puta
cum haberet HOMERUM *totum in uno volumine, non qua-*
draginta octo libros [30] *computamus, sed unum Homeri*
volumen pro libro accipiendum est. — Même loi, § Ier.

4° Enfin Justinien cherche-t-il les causes pour lesquelles
l'opinion de Proculus (nous l'avons exposée, p. 19),
relative à la différence qui existe entre la vente et l'é-
change, avait prévalu sur celle de Sabinus ? Il ne se
borne pas à dire comme Paul [31], que Proculus donnait de
meilleures raisons ; il ajoute que Proculus s'était aussi
étayé de vers d'Homère. *Sed Proculi sententia merito*
prævaluit, cum et ipse aliis HOMERICIS *versibus adju-*
vabatur. — Instituts, *de emptione et venditione*, § 2
(liv. 3, tit. 24).

Les qualifications qu'ils donnent à Homère sont encore des preuves de cette haute réputation, dont il
jouissait auprès des législateurs romains. Nous avons
déjà vu que les auteurs des instituts le nomment *Egre-*

---

[28] Selon Antoine Augustin (*Emendationum*, lib. 4, c. 2, n° 30),
au lieu de *partes hodie*, il faudrait lire *rhapsodiæ*, nom qu'on donnait
aux livres d'Homère : mais Taurelli (édit. des Florentines, *adnotata*,
p. 2, col. 2, inf.) soutient fortement la 1re leçon.

[29] Autre passage omis par Fermat.

[30] Il parait, d'après ce passage, qu'il ne rangeait pas la Batra-
chomyomachie parmi les ouvrages d'Homère.

[31] Loi première *de contrahenda emptione* (ci-dev. p. 19).

gius Homerus. La loi 50ᵉ au digeste de *verborum significatione* (liv. 50, tit. 16), et la loi 16, § 8, au digeste
de *pœnis* (liv. 48, tit. 19), contiennent encore de plus
pompeux éloges : l'une l'appelle le plus grand des poëtes
grecs, *summus apud eos poetarum* ; et l'autre, le premier des poëtes, *præcipuus poëtarum*. Justinien enché-
rit encore sur ces louanges. Qu'on se rappelle l'extrême
dévotion, on peut dire le fanatisme de ce prince, puisqu'il publia ou fit insérer dans son code plusieurs lois
qui prononçaient tantôt la peine de mort, tantôt la
confiscation, le bannissement, l'infamie, la privation
des droits successifs, etc., contre les hérétiques [32], et
l'on ne pourra se défendre d'une vive surprise, lorsqu'on
l'entendra nommer notre poëte, le père de toute vertu,
apud Homerum patrem omnis virtutis. — Prœmium,
de conceptione digest., 2ᵉ constit., § 11 (cité ci-dev.,
p. 13).

Remarquez que les éloges ou les citations d'Homère
n'ont pas été faits par un seul individu ; ils n'offriraient
alors rien de bien extraordinaire ; le corps du droit romain ayant été composé soit de lois, soit de décisions
d'empereurs et de jurisconsultes dont on rappelle le
nom et les ouvrages, il est facile de connaître et le nom
et l'ère de ceux à qui l'on doit ces éloges et ces citations.
Ce sont Sextus Cæcilius Africanus [33], Gaius [34], Satur-

---

[32] Voy. les lois du titre *De Hæreticis et Manichæis et Samaritis*
(liv. 1, tit. 5). Dans l'une d'elles (la 5ᵉ), on désigne jusques à *vingt-
huit* espèces d'hérétiques.

[33] **Sextus Cæcilius** cite Homère dans la loi 13, *ad leg. juliam de
adulteriis* (précédemment analysée, p. 13), au rapport d'Ulpien, auteur de cette loi.

[34] **Gaius** est auteur de la loi 236, *de verborum significatione*
(analysée, p. 12).

nin [35], Papinien [36], Paul [37], Ulpien, [38], Marcien [39], et Modestin [40]; et ces jurisconsultes ont fleuri sous les règnes d'Adrien et de ses successeurs jusqu'à ceux des Gordiens, c'est-à-dire depuis l'an 117 jusqu'à l'an 237 de l'ère vulgaire, dans un espace de 120 ans [41].

Ce n'est pas même à cet espace de temps qu'il faut borner le crédit d'Homère auprès des auteurs du droit romain. Justinien, soit dans la préface du digeste déjà citée (p. 13 et 21), soit dans les instituts, ouvrages composés vers l'an 530, ou 300 ans après les jurisconsultes précédents, s'appuie plusieurs fois, ainsi qu'on l'a dit, de l'autorité de notre poëte.

Il est encore une autre circonstance qui nous autorise à présumer qu'Homère ne perdit point de son crédit dans ce long intervalle de temps. Parmi les jurisconsultes dont les écrits ont servi à composer le digeste, trois seulement sont postérieurs à Modestin : ce sont Hermogénien, Arcadius-Charisius, et Gallus ou Julius Aquila; et les fragments qui leur ont été empruntés, sont en si petit nombre [42], qu'il n'est point étonnant qu'on n'y trouve aucune citation d'Homère.

---

35 Saturnin est auteur de la loi 16, *de pœnis* (analysée, p. 14).

36 Papinien, *idem*, de la loi 9, *de suppellectile legatá* (id., p. 14).

37 Paul, *idem*, loi 1, *de contrahendd emptione* (traduite, p. 17).

38 Ulpien, *idem*, loi 52, *de leg.* 3°, et loi 13, *ad L. Jul. de adult.* (analysées, p. 13 et 15).

39 Marcien, *idem*, loi 65, *de leg.* 3ᵉ, et loi 1ʳᵉ, *de mortis causá donationib* (id., p. 15 et 16).

40 Modestin, *idem*, loi 4, *de gradibus et adfinibus* (id., p. 11).

41 On peut consulter, sur la Chronologie des jurisconsultes, Pothier, Pand., proleg., part. 2, c. 1, le tome 1ᵉʳ du précis du Cours de législation déjà cité, et surtout notre Histoire du Droit romain, p. 351 et suiv.

42 Voyez dans la même Histoire du droit, pag. 351 et suivantes,

Ce qui prouve encore la prédilection que les jurisconsultes romains avaient pour ce poëte, c'est qu'à l'exception des auteurs de droit, il n'en est aucun autre qu'ils citent plus souvent que lui. Il était cependant naturel qu'ils s'appuyassent souvent sur l'autorité, soit des législateurs étrangers qui pouvaient leur fournir des modèles de décisions, soit des philosophes qui s'étaient occupés de la morale, fondement des lois, soit des médecins et physiciens qui avaient traité des questions médico ou physico-légales, soit enfin des orateurs qui avaient discuté des questions tenant à la jurisprudence. Mais c'est ce qu'on n'observe point dans le corps de droit; il suffit, pour s'en convaincre, de jeter un coup d'œil sur toutes les citations d'auteurs profanes qu'on y rencontre.

1° Des législateurs étrangers, nous n'y trouvons que les noms de Dracon et de Solon. On les cite ensemble deux fois; d'abord dans les instituts (*de jure naturali*, § 2, liv. 1, tit. 2), pour indiquer qu'on peut donner à leurs lois le titre de droit civil des Athéniens; et ensuite dans le digeste, pour indiquer le terme grec par lequel ils désignent l'action de tuer une personne surprise en adultère. — *L.* 23ᵉ *in pr.*, *ad leg. Juliam de adult.* (liv. 48, tit. 5).

Solon est en particulier cité deux fois. On transcrit deux de ses lois, dont l'une est relative aux distances qu'on doit observer dans les plantations ou constructions faites près des limites des champs (*L.* 13, *dig. finium regundorum* [43] (liv. 10, tit. 1); et l'autre, concernant

une notice des lois que nous devons aux divers jurisconsultes romains.

[43] Pour l'explication de cette loi, V. Bouchaud, Commentaire sur la loi des xii tables, t. 1, p. 64 et suiv.

les conditions que peuvent s'imposer des particuliers associés pour recueillir des impôts, faire des expéditions maritimes, etc. [44]. — *L. 4, au digeste, de collegiis et corporibus* (liv. 47, tit. 22).

2º Quatre philosophes seulement sont cités dans le digeste, Chrysippe, Théophraste, Platon et Xénophon. On a tiré du premier une définition de la loi (*L. 2, de legibus*, liv. 1, tit. 3); du second, la maxime qu'il ne faut faire des lois que pour les cas qui se présentent souvent, et non pour des cas extraordinaires (*L. 3 et 6, ibid.; L. 3, si pars hereditat.* [45], liv. 5, tit. 4); du troisième, celle qu'on ne doit pas contraindre les agriculteurs à rester au marché pour y vendre leurs denrées (*L. 2, de nundinis* [46], liv. 50, tit. 11); du quatrième, la signification en grec du mot *telum*, ou trait. — *L.* 233, § 2, *de verborum significatione* (liv. 50, tit. 16); *institut., de publicis judiciis*, § 5 4, liv. 4, tit. 18.

3º Un médecin, Hippocrate, et un physicien, Aristote, sont cités : le premier, pour la détermination du temps de la gestation (*L.* 12, *de statu* HOMINUM [48],

---

[44] Elle est aussi dans une des scholies des Basiliques, sur la loi 3, tit. 32, liv. 60 (édit. de Fabrot, t. 7, p. 541).

[45] Fermat ne cite pas la loi 3, *de Legibus*.

[46] Ainsi le *divin* Platon n'est cité qu'une fois ; néanmoins Cujas (ad. lib. 49 *Pauli ad edictum*, l. 2, §. 6, édit. de Scot, t. 1, p. 1433) assure que les jurisconsultes romains lui avaient emprunté beaucoup de décisions et entre autres celles du titre *de ædilitio edicto* (Dig., liv. 21, tit. 1), et, en grande partie, celles des titres des interdits (Dig., liv. 43).

[47] Elle est aussi dans Théophile, même liv., édit. de Fabrot, p. 841.

[48] Fermat ne cite pas non plus cette loi. — La citation d'Hippocrate est aussi dans une scholie des Basiliques, liv. 45, tit. 1, l. 16, édit. de Fabrot, t. 6, p. 39).

et 3, § 12, *de suis et legitimis hered.*(liv. 1, tit. 5, et liv. 38, tit. 16) ; le second, pour le nombre d'enfants qu'une femme peut produire, et qu'il fixe à cinq par un motif assez singulier [49]. — *L.* 36 *de solutionibus et liberationibus* (liv. 46, tit. 3).

4° Des orateurs on n'en trouve que deux, sur l'autorité desquels on s'appuie : il est vrai que ce sont les plus célèbres.

Démosthènes est cité deux fois. On rapporte de lui une définition de la loi (*L.* 2, *de legibus*, déjà citée), et un passage où il établit que les peines ne consistent pas seulement dans la douleur qu'elles font éprouver, mais encore dans l'ignominie qu'on y a attachée en les infligeant. — *L.* 16, *de pœnis* [50] (liv. 48, tit. 19).

Le nom de Cicéron se rencontre plus souvent (sept fois) dans le digeste ; néanmoins on n'a recours que deux fois à son autorité pour des décisions [51]. La pré-

---

[49] *Aristoteles scripsit quinque nasci posse, quia vulvœ mulierum totidem receptacula habere possunt ; et esse mulierem Romœ alexandrinam ab Ægypto, quœ quinque simul peperit ; et tunc habebat incolumes, et hoc in Ægypto adfirmatum est mihi.* Cette loi est de Paul, qui rappelle dans une autre (*l.* 3, *ff. si pars hered. pet.*, citée ci-devant, p. 24), le même fait avec une circonstance non moins extraordinaire, savoir ; que le cinquième enfant n'était né que quarante jours après les quatre premiers. (*Voir* aussi, relativement à cette loi, Cujas, lib. 16 Quæst. Papiniani, ad L. 84, D, de acquir. hæredit. (édit. de Scot, t. 4, p. 349) ; Heineccius, Hist. Juris, § 220, et auteurs cités, ibid.

[50] Ce passage est également dans une scholie des Basiliques, liv. 60, tit. 51, loi 16, édit. de Fabrot, t. 7, p. 855.

[51] Dans tous les cas, Fermat se trompe, lorsqu'il dit (p. 538), qu'il n'est fait mention qu'une fois de Cicéron *in jure*, savoir dans la loi 39, Dig. *de Pœnis* (nous allons la citer). Peut-être a-t-il été induit en erreur par l'opinion où étaient plusieurs interprètes du droit ro-

mière , pour la peine capitale qu'on doit infliger à une femme qui s'est fait avorter ; la seconde , pour la détermination du rivage de la mer, qu'il décida le premier devoir s'étendre jusqu'au point où la plus haute marée parvient. — *L.* 39, au digeste *de pœnis ; et* 96 *de verborum significatione* (liv. 49 , tit. 19 ; et liv. 50, tit. 16). Ulpien critique même une définition qu'il avait donnée du mot *latitare*, et dit que ce mot ne signifiait point, ainsi que le voulait Cicéron , l'action de se cacher pour un motif déshonnête [52]. — *L.* 7, § 4 , au digeste, *quibus ex causis, in possession.* [53] (liv. 42, tit. 4).

Mais rien ne prouve davantage le haut crédit d'Homère auprès des jurisconsultes , que la préférence qu'ils lui donnent sur Virgile. En effet , en premier lieu , ils ne s'appuient de l'autorité de Virgile qu'une seule fois ,

---

main, que Cicéron ne pouvait pas être compté parmi les jurisconsultes (*Voir*, à ce sujet, Hoffman , Hist. juris, 1734, t. 1, p. 307, note *a*).

[52] Voici les autres lois où l'on trouve le nom de Cicéron. Dans la loi 2, ff. *de origine juris* (liv. 1, tit. 2), Pomponius, qui y fait l'histoire du Droit, dit, 1° (§ 40) d'après lui, que Lucius Crassus fut le plus élégant des jurisconsultes ; 2° (§ 43) que Servius était le meilleur orateur après Cicéron ; 3° (§ 46) que Cicéron défendit Ligarius par un assez beau discours (*satis pulcherrima oratio*).

Dans la loi 8 , ff. *ad leg. Juliam majestatis* (liv. 48, tit. 4), Papinien, après avoir décidé que les femmes doivent être entendues dans les accusations de crimes d'Etat, observe qu'une femme (Julie) découvrit la conjuration de Catilina, dont Cicéron instruisit le procès.

[53] On trouve encore dans le Digeste les noms de trois autres auteurs, savoir Ennius, Junius Grachanus, et Fenestella. On dit du premier (*même loi, de origine juris ,* § 38), qu'il avait *loué* Sextus Ælius, l'auteur du recueil de formules appelé *droit Elien* (V. notre Hist. du droit romain , p. 59). Le second est cité deux fois à l'occasion de la questure et de l'étymologie de ce mot (*L. un. de officio Quæstor.*, liv. 1, tit. 13) ; et le troisième, une fois, à la même occasion (*D. L. un.*).

encore donnent-ils à l'instant une décision contraire [54],
et ils ne citent qu'un seul de ses vers (*arma virumque
cano*) , et dans une occasion où cette citation est tout à
fait indifférente [55].....

En deuxième lieu , ils indiquent son nom sans la
moindre qualification , même lorsqu'ils joignent ce nom
à celui d'Homère , et qu'ils donnent à Homère quelque
épithète. On le voit surtout dans un passage que nous
avons déjà cité (p. 19 et 20) : *Apud græcos* EGREGIUS
Homerus , apud nos Virgilius.

Cette préférence paraît assez extraordinaire de la part
des jurisconsultes. Ils ne pouvaient être mus ni par
l'envie, ni par la partialité. Ecrivant deux siècles après
Virgile, au moment où sa réputation avait survécu à
toutes les critiques, et se livrant à des travaux d'un
genre très-différent, il faut qu'ils aient réellement cru à

---

[54] Marcien (l. 6 , ff. *de divisione rerum* (liv. 1, tit. 2), pense qu'un
cénotaphe est un lieu religieux, *sicut,* dit-il , *testis in eâ re est Virgilius* (c'est sans doute aux vers 301 et suiv., liv. 3 de l'*Enéide*);
mais Ulpien ajoute aussitôt qu'on a décidé le contraire (l. 7, eod.).—
Voir au reste, pour l'explication du passage de Virgile, une scholie
des Basiliques (liv. 46, tit. 3, l. 5 ; édition de Fabrot, t. 6, p. 158),
où il y a plus de développements que dans la loi (D. 1. 6) tirée de
Marcien.

[55] Les obligations se contractaient très-souvent à Rome par *la
stipulation* , c'est-à-dire , par des demandes et des réponses que se
faisaient en certains termes solennels, l'une et l'autre partie. Dans la
loi 65, ff. *verborum significatione* (liv. 50, tit. 16), on décide que si
l'on a inséré d'autres mots dans les réponses ou demandes, la stipulation sera valable, pourvu qu'on n'ait pas omis les véritables termes;
si, par exemple, celui qui s'oblige, au lieu de dire simplement *spondeo*, a dit *arma virumque cano spondeo* ..... on sent que l'on pouvait
citer toute autre phrase pour exemple.

N. B. Fermat a omis cette citation.

la supériorité d'Homère, puisqu'ils paraissent avoir fait plus de cas de ses ouvrages.

Quoi qu'il en soit, la manière dont ils citent Homère, indique tout à la fois, et qu'ils connaissaient parfaitement ses poésies, et qu'elles étaient également très-connues de la plupart des Romains. Lorsque, en effet, ils citent quelque jurisconsulte, si ce n'est pas un auteur à peu près classique, ils indiquent, en général, le titre et la partie de ses ouvrages où ils puisent leurs décisions. Ils suivent une marche opposée à l'égard d'Homère; à l'exception d'un seul passage où ils indiquent son Odyssée, et où ils n'en désignent pas même le livre dont ils ont extrait des vers [56], partout ailleurs ils citent ses vers sans indiquer où ils les ont puisés; et cependant toutes leurs citations sont exactes; et si nous en jugeons par la peine que nous avons eue à les retrouver dans l'original, il fallait nécessairement que ces poésies fussent bien familières aux Romains, puisqu'on pensait qu'il était inutile de leur faciliter les moyens d'en chercher les textes [57].

De cette conséquence, nous tirerons une réflexion

---

[56] La loi 65, § 4, au digeste *de legatis* 3º (liv. 32), et le § 1er des instituts, *de lege aquilia* (liv. 4, tit. 3)... ces deux textes contiennent la même décision et la même citation (elles sont indiquées ci-dev. p. 15).

[57] Ces réflexions s'appliquent surtout aux passages de peu d'étendue et qui n'offrent par eux-mêmes rien d'assez saillant pour réveiller les souvenirs, tels que les deux fragments traduits plus haut (p. 21, lignes 12 et 13, et page 19, lignes 3 et 4).. et encore d'après le meilleur des manuscrits du Digeste (les Florentines), le jurisconsulte romain, auteur de la décision, n'a-t-il cité qu'une petite partie (un demi-vers) du second fragment (même p. 19, note 26).

par laquelle nous terminerons notre mémoire. Si les
législateurs ou les jurisconsultes romains se sont écartés
quelquefois des règles que leur prescrivait la gravité
de leur profession ; s'ils ont semblé y déroger en s'ap-
puyant sur l'autorité d'écrivains étrangers à la science
qu'ils cultivaient ; du moins les talents de celui en fa-
veur duquel ils ont fait le plus souvent cette espèce
d'écart, les excusent. Trente siècles accumulés sur elles
n'ont rien ôté à la réputation des poésies d'Homère [58],
c'est un monument qui a résisté aux attaques de la ma-
lignité, aux efforts de l'envie, aux discussions de la
critique, à la main destructive de l'ignorance et du

---

[58] C'est, on le voit, la même idée que Chénier a exprimée dans
son Épitre à Voltaire, publiée en 1806, peu de mois après le cahier
du Magasin (septembre 1805) où avaient d'abord été insérées nos
Observations :

> Trois mille ans ont passé sur la cendre d'Homère ;
> Et depuis trois mille ans, Homère respecté,
> Est jeune encor de gloire et d'immortalité.

Dans un des nombreux pamphlets publiés à l'occasion de cette
épitre (on en indique plusieurs dans la France littéraire de M. Qué-
rard, tom. 2, 1828, pag. 174), Chénier, à ce que nous rapporta
quelque temps après, à Grenoble, M. Sédillez, inspecteur général
des écoles de droit, fut accusé de plagiat, ou au moins d'imitation.
C'eût été sans doute un grand honneur pour nous, d'avoir inspiré de
si beaux vers ; mais, comme nous le fîmes remarquer à M. Sédillez,
le Magasin n'était guère lu que par des savants qui s'occupaient de
recherches d'érudition et surtout des discussions helléniques aux-
quelles Millin l'avait à peu près consacré pendant les dernières an-
nées ; il était donc peu probable que Chénier eût connaissance de
notre mémoire à l'époque où il avait composé son épitre ; il avait
tout simplement eu la même idée que nous.

vandalisme; c'est un faisceau de rayons qui traversant successivement des régions du firmament, tantôt pures, tantôt couvertes de nuées plus ou moins sombres, a pénétré jusqu'à nous avec tout son éclat primitif [59].

[59] Les additions dont nous parlons, page 5, note 3, forment les notes 6, 7, 9, 12, 13, 14, 15, 18, 19, 20, 21, 23, 24, 26, 27, 28, 29, 32, 43, 44, 45, 46, 47, 48, 50; 51, 53, 57 et 58, et une partie de quelques autres.

Les traductions en grec ont été soumises à un de nos plus habiles hellénistes (M. L.).

FIN.

☞ La Revue étrangère et française de législation et d'é-
conomie politique où le Mémoire précédent a été inséré, se
publie par cahier de cinq feuilles, dans les premiers jours de
chaque mois. Prix, franc de port, par an , 25 fr. pour Paris,
et 28 fr. pour les départements. On s'abonne, à Paris, chez
Joubert, libraire-éditeur, rue des Grès, 14, près l'École de
Droit.

Elle a été fondée par M. Fœlix, avocat à la Cour royale de
Paris, auteur de plusieurs ouvrages de droit.

Il en a déjà paru 64 cahiers, formant plus de 5 volumes
in-8°, et contenant plus de 400 mémoires de divers auteurs
et sur diverses matières de droit public et privé, outre un grand
nombre de comptes-rendus d'ouvrages et un bulletin mensuel
des travaux législatifs à l'étranger et en France.

www.ingramcontent.com/pod-product-compliance
Lightning Source LLC
Chambersburg PA
CBHW061609180626
46818CB00005B/2019